ISBN-13: 9798443717425
ISBN-10 1477123456

Design da capa por: Rute Lombano
Número de controle da Biblioteca do Congresso: 2018675309

Impresso nos Estados Unidos da América

CASUALIDADES DO AMOR

RUTE LOMBANO

PRIMEIRA EDIÇÃO 2011
OSASCO

EDIÇÃO DO AUTOR
AUTORA: RUTE LOMBANO

CASUALIDADES DO AMOR

"A verdadeira felicidade está na própria casa, entre as alegrias da família." (Tolstoi)

CAPÍTULO I

Como começar uma linda história de amor se não houvesse um belo encontro. Tudo começou, tipo sonho, tipo realidade, não sei ao certo, mas o primeiro olhar aconteceu numa igreja, eu tinha ido acompanhar uma amiga, estava uns três bancos a frente, aborrecida e não sabia ao certo o que estava fazendo ainda ali, ou o que procurava, mas ao olhar para trás foi com os seus olhos que eu que os meus encontraram, seu sorriso que era maravilhoso, mas...na sua frente havia um outro homem bem mais velho, cabelos brancos ao pé da orelha, mas só um pouco porque o resto era todo negro, meus olhos se encontraram com os dele que era fascinantes, mas voltei a olhar o mais jovem que me sorria, este outro estava à frente e ao seu lado uma mulher com uma criança, virei me para frente e passei a desejar olhar novamente para trás. Não resisti e olhei, eles não estavam mais, então resolvi ir embora, despedi-me da Joana.

No caminho estava eu em devaneio, com uma pessoa que achava eu, não deveria pensar, "fazer o quê? Se essa pessoa é tão fascinante, bela e irresistivelmente charmosa?" pensava. A mente humana é incrível e prega muita peça na gente, eu não parava de pensar naquele homem de olhar fascinante, belo, majestoso, simpático e, fazer o que se ele era casado? Eu o achei irresistível. A minha atenção voltou-se para o mais jovem, nossos olhos se encontraram varias vezes, até um sorriso meio tímido ele mostrou, como não estava mais presente, resolvi ir embora também. No meio do caminho apareceu um garoto querendo dinheiro e foi me atormentando até o ponto de ônibus.

_Moça, moça! – Chamava ele insistentemente.

Estava imersa em devaneio não ouvia o garoto me chamar, quando ele chama minha atenção colocando a mão sobre o meu braço insistentemente.

_Moça tem um dinheiro.

_O quê?

_Você tem dinheiro para me dar? – Perguntou ele aflito.

_Sinto muito garoto, só estou com o dinheiro da passagem. Tenho uma maça se você quiser.

Ele olhou com cara feia para a maçã, mas acabou pegando, não deu tempo para responder o que ele dizia, o ônibus estacionou, entrei deixando-o falando sozinho. Sentada naquele banco olhando para fora, não via a paisagem passar, mas sim meus pensamentos que voavam de volta aquela cena na igreja, estava me sentindo sozinha, solitária com um vazio no coração que insistia em bater.

 Tempos depois, mais ou menos um mês, eu estava num bar com a Joana e outros amigos, e quando estávamos de saída ela foi falar com um conhecido e resolveu me apresentar, foi quando o vi novamente.

_Sabe de uma coisa Lisa, eu precisava sair um pouco. Só trabalho, trabalho, estava me deixando louca.

_Eu lhe disse amiga, você é jovem ainda para ficar presa em casa. Olha a sua volta e veja quantos homens lindos e solteiros tem aqui. – Ela me cutucava e piscava.

Apenas sorri olhando ao redor.

_Você tem razão.

Ela me apresentou vários rapazes que não me chamaram nem um pouco a atenção.

_Amiga! – Ia dizendo ela – Para quem está sozinha você esta muito exigente.

_O que eu posso fazer? Ninguém me chamou a atenção! – Respondi

Estávamos de saída quando uma das meninas me puxou pelo braço.

_Lídia venha aqui que quero te apresentar alguém.

_Célia, estou indo embora.

_Você pode esperar um pouco.

Célia me carregava para uma roda de rapazes que conversava alegremente, ela bateu no ombro de um deles, ele se voltou para ela, grande foi a minha surpresa ao ver quem estava ali, eu nunca esqueci aqueles olhos e o sorriso tímido que agora estava bem mais alegre.

_Jhoney, quero te apresentar uma amiga minha, Lídia.

_Acho que já nos vimos, estou certo? – Dizia ele sorrindo ao estender a mão na minha direção.

Olhei para ele com um sorrizo timido não acreditando que aquele lindo rapaz que vi na igreja estava ali na minha frente sendo apresentado a mim pela minha amiga.

_Vocês já se conheciam? – Diz Célia com os olhos arregalados na minha direção.

_Mais ou menos, nos vimos um tempo atrás na igreja matriz. Fui junto com a Patricia, era a missa de sétimo dia da morte da mãe dela.

_É verdade, como vai Lídia! Prazer em te conhecer.

Era o rapaz do lindo sorriso, cabelos ondulados e negros, de olhar penetrante e rosto maroto. Seu nome era Jhoney, tinha 24 anos e morava com o pai que era viúvo.

Lisa e Célia voltaram para casa sozinha, acabei ficando com Jhoney que me levou para casa, desde desse dia não nos separamos mais, nos apaixonamos naquele dia.

Jhoney era uma pessoa maravilhosa em todos os sentidos, ele entrou na minha vida transformando-a totalmente.

Essa minha amiga, que convenhamos, foi maravilhosa me apresentando aquele que iria transformar a minha vida, nos apaixonamos logo de cara. Ele era brincalhão, bagunceiro, fazia as coisas sem pensar muito, quando queria sair me colocava no seu carro e íamos para onde o destino nos levasse, ás vezes a praia, as montanhas, surfar (coisa que ele adorava), tudo o que lhe vinha à cabeça e tinha vontade de fazer, fazia, sem planejar. Comemoramos dois meses de namoro quando ele me disse que seu pai gostaria de me conhecer, esteve em viajem a trabalho, aina não nos conhecíamos.

Era uma terça feira, estávamos comemorando dois meses de namoro, ele estava na porta tocando a campainha quando eu abro um enorme maço de flores aparece na minha frente.

_Oi amor! Que lindas flores obrigada.

_Você merece muito mais minha linda.

Ele entra me agarrando pela cintura.

_Minha linda, eu tenho uma surpresa para você.

_Hum adoro surpresas.

_Meu pai quer te conhecer. Eu voltei para olhá-lo.

_Querido não acha que é muito cedo?

_Cedo? Porque? Não quer conhecê-lo?

_Querer eu quero, mas me sinto insegura.

_Por que? Estou com você, nos amamos não há o que pode nos afastar.

_Eu sei Jhoney, mas...

_Não existe mas ou meio mas, apenas diga-me: Você me ama?

_Claro que eu te amo.

_Sente-se insegura por que?

_Não é nada não, acho que é bobagem da minha cabeça. Deixa pra lá.

_Muito bem, agora é a Raquel que eu conheço. Meu pai voltou de viajem e disse que vai marcar um jantar para te oferecer.

_Quanto gentileza! – Disse sorrindo

_Parece cafona, mas o meu pai é bem tradicional com isso afinal sou seu único filho.

_Ele esta absolutamente certo em querer proteger um filho maravilhoso e tão lindo assim. Devido a uma viajem de trabalho para os Estados Unidos o meu encontro com o pai do Jhoney havia sido adiado, agora que ele estava de volta havia chegado o momento de conhecer aquele que gerou esse homem maravilhoso em cujos braços estava, e não me cansava de me sentir alegre e feliz. Nenhum vestígio do passado restava, o que existia agora era o presente e um futuro de momentos lindos ao lado dele.

No dia seguinte acordei agitada, nervosa, eu queria agradar ao pai do Jhoney, queria parecer bonita, bem vestida. Depois do trabalho passei numa loja de roupas, comprei um lindo vestido preto bem jovial, discreto, mas sensual. Passei na cabeleira para dar um corte no cabelo, deixei ele solto mesmo, as unhas estavam impecáveis na cor vermelha, combinando com o batom.

Uma bolsa pequena de tom vermelho que apanhei assim que ouço a campainha, olho o relógio, já passava das dezenove horas.

_Meu Deus! – Fala ele vestido numa impecável camisa de linho azul escura com dois botões abertos no peito e uma calça de sarja em tom pastel, estava lindo eu pensava. – Vai arrasar no jantar.

_Obrigada amor. – Respondi dando um beijo naqueles lábios quentes.

Chegamos quase as vinte horas, o jantar era as vinte horas em ponto. Jhoney morava num lindo apartamento de cobertura na vila madalena, eu me sentia deslocada, não sabia que ele era uma pessoa de posses, para não dizer rico. Jhoney não esbanjava dinheiro, não ostentava riqueza, tinha um carro popular, suas roupas não eram de grifes muito caras, ele sempre me pareceu ser uma pessoa que trabalhava e batalhava muito para ter o seu dinheiro, o que descobrir ser verdade tempos depois.

Entramos com o meu sapato de salto fazendo um barulho, tec...tec...tec...aquele barulho ecoava na minha cabeça, atravessamos o hall de entrada com imenso vasos de flores e varias obras de arte, o piso que presumi ser de mármore era branco riscado de preto, lindíssimo e, de bom gosto. Jhoney me conduziu até um pequeno sofá vermelho na sala de estar, olhei ao redor e vi que tudo era de bom gosto, um imenso sofá branco se estendia ao lado de dois pequenos de tom vermelho eu estava em um deles que ficava bem em frente ao longo corredor que Jhoney havia seguido. As pernas dobradas, segurava a pequena bolsa sobre o colo, nervosa, estava suando frio, tentava me acalmar para conhecer o pai de Jhoney.

Chegou o momento de conhecer aquele que tinha gerado esse homem em cujos braços eu estava, e não me cansava de sentir alegria e felicidade, nenhum vestígio do passado bem distante, tinha ficado, era o futuro alegre quanto o presente, os momentos mais lindos eram com ele. Eu estava nervosa, agitada, pois queria agradar, queria parecer bonita e bem vestida, comprei um vestido preto bem jovial discreto, mas ao mesmo tempo sensual, o cabelo eu deixei solto mesmo, não conseguia prendê-los pois logo se soltavam, as unhas eu tinha feito no mesmo dia logo após a saída do trabalho, porque o meu horário era bem flexível.

Ligou para o pai que lhe disse que sua namorada não poderia comparecer porque os dois brigaram, Jhoney disse que ela queria ser convidada para o jantar, mas ele queria só o pai, o momento era bem familiar, seu nome era Vera.

Jhoney veio me buscar às 19:00 horas, já estava pronta quando toca a campainha, eu fui atender. Era ele!

_Você está linda, vai arrasar. — Dizia ao me beijar.

_Obrigada amor!

Chegamos quase às 20:00 quando o jantar ia ser servido, ele morava num lindo apartamento de cobertura, me senti tão deslocada, eu não sabia que ele era bem de vida, para não dizer rico, pois seu carro não era nenhum importado, ele não esbanjava dinheiro, suas roupas não eram de grifes muito cara, ele sempre me pareceu ser uma pessoa que trabalhava e pagava com o que ganhava sem luxo. O apartamento era num bairro nobre da cidade de São Paulo, era coisa de cinema. Entrei com o salto do sapato fazendo aquele barulho, tec...tec..tec., Num chão que eu presumir se de mármore. Ele me deixou no sofá esperando e foi buscar o pai, fiquei rodeando a sala com os olhos para achar um retrato do pai, para não ser pega de surpresa como fui, achava eu que ele era um senhor gordo , barrigudo com olheiras de tanto tomar uísque.

Qual foi minha surpresa quando apareceu aquele homem que não tinha saído da minha cabeça desde do dia em que o tinha visto na igreja à frente do Joney.

_Este é o meu pai amor! - diz- Pai esta é a Lídia.

_Pra ... a zer ...- Falava eu gaguejando, mal saia as palavras.

_O prazer é todo meu Lídia, estou encantado.

Ficamos pôr uns segundos nos olhando. Como falar dele se eu o procurava com os olhos na multidão com esperança de revê-lo. Mesmo feliz com o Jhoney , esse homem nunca saiu dos meus sonhos e dos meus pensamentos. Ele era alto 1,88 mais ou menos, cabelos negros e perto das orelhas começava os primeiros fios brancos aparecer, seus olhos eram um tom de castanho esverdeado, um lindo sorriso, que deixa pra lá, um jeito especial , gentil e meigo pairava em seu rosto, ele era maravilhoso em muitos sentidos, tinha 44 anos e seu nome era John, filho de pai americano e mãe italiana, e saiu esse homem com H maiúsculo, lindo, ele parecia tomar conta de toda sala , eu me sentia rodar com a sua presença, me sentia tão pequena perto dele, não só pela altura, mas pela sua pessoa, ele era o tipo impressionante. Ele percebeu a minha surpresa, a dele também não foi pequena, ficamos lindos segundos nos encarando, nos analisando e agradecendo à Deus que havia feito esse encontro.

◆ ◆ ◆

Foi o Jhoney que quebrou o encanto e começou a falar sobre o nosso namoro, eu não sei como respondi, pois estava sem hipnotizada por ele, estava sem assunto e sem fome também, tomei um pouco de vinho para me soltar, não deu muito certo, mas melhorou e eu passei a conversar normalmente. Jhoney deixava o ambiente agradável, contava piadas e ria bastante, todos ficavam presos ao seu carisma e as suas travessuras quando deixou cair vinho na toalha branca da mesa e não conseguia limpar, foi muito engraçado, John ria e ficava mais bonito, ele e o filho tinham uma harmonia e não pareciam pai e filho e sim dois irmãos que escondiam a travessura da mãe. E pôr falar nela eles me contaram que ela havia falecido devido a um acidente de carro, quando Jhoney ainda era pequeno, seu pai nunca mais quis casar-se, mas tinha uma namorada, que naquela noite não tinha comparecido.

_Como vocês estão?- Perguntou Jhoney ao pai

_Não sei ao certo, você sabe como a Vera é sistemática.

_Ela é estranha isso sim!

Enquanto os dois conversavam eu observava o John e como ele era parecido com o filho, em nada lembrava o que eu imaginava dele, era completamente o oposto e graças a Deus por isso.

Aquela noite foi muito divertida, diferente do que fora qualquer outra. Meus pensamentos voavam não sei sobre ele mas, os meus estavam bem longe dali, fui acordar quando Jhoney deu uma pequena cutucada no meu braço, seu pai estava propondo um brinde.

_Desculpe a minha falta de tato!

_Ainda não tinha dito nada não se preocupe! - Ele deu um belo sorriso o que me fez derreter por dentro – Estava dizendo ao

Jhoney que vamos propor um brinde ao futuro de vocês...

_Que tal ao nosso futuro? - Jhoney levantava a taça.

John olhou-me, eu retribui o olhar sem nada dizer, ele adiantou-se:

_Otima ideia filho!

_A nós! - Dissemos juntos

As duas da manhã chegava em casa ao lado de Jhoney, ele abriu a porta do carro saindo, eu sai logo em seguida, ele segurou minha mão e juntos fomos ate a portaria.

_Gostou amor?

_Claro que gostei, a noite foi perfeita.

_Meu pai adorou você, ele nunca tinha visto os meus namoros anteriores com tanto entusiamo.

_Seu pai é uma pessoa maravilhosa.
_Eu sei, agora podemos ficar sossegados. Nossos
pais estão nos abençoando. Ele me rodopiou no seu
colo logo em seguida vierem vários beijos.

Depois do jantar não me lembro como cheguei em casa, mas lá
estava eu, queria ficar sozinha nesse pequeno apartamento no
nonagésimo andar que eu havia comprado e estava pagando fazia
já três anos.
Morava sozinha, ganhei minha independência quando passei
num concurso público para oficial de justiça, ganhava razoável,
dava me manter e ajudar os meus pais, eu queria um canto só
para mim e poder fazer o que quisesse, eu o decorei de uma forma
simples e só minha. Nenhum homem tinha dormido naquele
apartamento, nem o Jhoney, aliás nós não havíamos pensado em
algo assim. Tirei minha roupa e fui para a banheira, queria ficar
ali só pensando nele, e depois ficar me condenando, afinal ele era
o pai do meu namorado. Eu descobri que era sua irmã Jacqueline,
a mais nova e seu filho de seis anos que estava com ele na igreja,
não sei porque mas fiquei aliviada, "o que esta acontecendo? Não
posso magoar o Jhoney" pensei. Fiquei curiosa para saber como
era aquela mulher, e porque teve coragem de brigar com um
homem como o pai... o John.

CAPÍTULO II

O tempo foi passando e eu não tinha mais visto o John. O Jhoney me disse que ele estava envolvido num projeto do Estado no qual ele era o engenheiro chefe e comandava toda a obra. Johm tinha uma empresa de engenharia na qual o Jhoney trabalhava, ele era arquiteto, pôr isso ele estava tão cheio de trabalho que mal conseguia tempo para ele.

Jhoney disse que esse era o projeto da vida de seu pai, o qual batalhava para conseguir e, no final o lucro de sua empresa era de milhões, pôr isso o desempenho tão grande. Eu não quero ficar com você e falar do meu pai. - disse ele segurando o meu rosto e se aproximando de mim.

_ Eu quero outro beijo. Você é demais sabia? - Fala rindo para ele que não responde com palavras mas com beijos. Estávamos num famoso restaurante que ele me levou para jantar, o lugar era bem calmo e podíamos ficar sossegados.

Depois de terminarmos o jantar fomos embora, passeamos pelo parque de mão dadas, oras paramos para um abraço ou um beijo, ele colhia flores do jardim, eu brigava com ele, não que resolvesse, e logo ele me levou para casa. Eu queria ver o John novamente, só para ter certeza que ele não era tudo aquilo que eu achava eu, era, que eu sonhava que era, mas sentia algo que eu não conseguia conter, mesmo com tanta coisa para fazer eu sentia ainda um vazio que o Jhoney não preenchia. A cada final de semana ele inventava uma aventura diferente eu sempre o acompanhava, alguns sustos aconteceram quando estávamos praticando Rapel na cachoeira do Veloso, de nível médio. Depois de andar pela trilha de 1h20 até a queda que era de 90 metros. O Jhoney teve uma corda mal amarrada que se desprendeu quando ele estava chegando ao chão.

_Jhoney! - Gritei ao vê-lo cair.

_Segure-se bem Lídia ou você também vai cair. - gritava para mim seu amigo. - Rodolfo, cuide do Jhoney eu cuido da Lidia ela não esta bem.
_Pode deixar.

◆ ◆ ◆

Rodolfo puxou sua corda descendo até ao chão. Jhoney levou um tombo e tanto, eu tive vertigem e, tive que parar no meio da descida e esperar pelo amigo dele que era mais experiente que eu.
_Cuidado com a Lidia! - Gritava ele para o amigo
Foi um susto e tanto, mas logo o bom humor do Jhoney fez com que tudo fosse esquecido, nadamos naquela água limpa e cristalina a tarde toda.
Havia passado seis meses de namoro, quando naquela semana ele não iria aparecer em casa porque seu projeto não tinha sido aprovado, e ele ia se dedicar mais e fazê-lo mostrá-lo para os empresários, imaginava eu com os meus botões que seria um tédio a semana.

Mas qual nada, grande seria minha surpresa ao toca a campainha estava vestida com um lindíssimo robe de seda todo florido pois tinha saído do banho, toalha na cabeça, mais ridícula impossível, abri a porta sem olhar o olho mágico, pensava ser o sindico, ou algum vizinho, mas nada, era o John que estava ali, o pai do Jhoney.
Eu o olhava sem acreditar, batia insistentemente.
_Posso entrar? - Perguntou ao ver pequena fresta da porta aberta.
_Desculpe, é que eu não esperava ninguém. — Fico sem graça ajeitando a toalha na cabeça.
_Não se preocupe!
_Por favor, entre!
_Obrigado, espero não estar te atrapalhando?
_Não, de forma alguma, eu vou me trocar e você pode ficar à vontade. - Disse mostrando a ele o sofá.
Fui me trocar rapidamente, claro, não queria perder um segundo, não podia esquecer o perfume, isso não, fui até a sala me sentei ao

seu lado, pois eu só tinha um sofá de três lugares e uma cadeira na sala, fazer o quê?

_Pronto! - Ele começa sentando a minha frente. - Agora podemos conversar.

Ele ficou me olhando por uns instantes, chegou um pouco mais perto de mim e eu fui logo oferecendo se ele queria vinho.

_Aceita algo para beber? Tenho vinho, água, suco, o que quer?

_Se não for incomodar, uma taça de vinho tá bom.

_Dê modo algum, só um instante. - Digo nervosae vou até a cozinha buscar, eu estava tremendo toda, o vinho estava gelado, tomei um gole, mas não foi o suficiente para ficar calma, não podia ficar tonta ou bêbada, levei o copo dele e o meu, segurei firme com forca para demonstrar tremedeira, agradeceu, tomando um gole do vinho e colocou a taça sobre a mesa a sua frente, ele estava muito bonito, sua camisa de linho azul realçava sua pele, eu sentia o seu perfume cítrico, o silêncio era angustiante, foi ele que quebrou dizendo:

_ Desde da primeira vez que eu te vi na igreja, olha que eu não sou de ir á igreja, mas nesse dia algo dizia para ir, acho que o nosso destino estava lá, á nossa felicidade estava lá.

Eu não estava entendendo o que ele queria dizer, continuou:

_Foi amor à primeira vista, Jhoney disse que se apaixonou pôr você desde o momento em que você o olhou....

"Ah! Era do Jhoney que ele veio falar, mas o que ele pretende?" - pensava

_ ... eu ao contrário, eu me apaixonei pôr um lindo cabelo levemente dourado brilhando ao sol que entrava pela janela....

Eu me assustei com essas palavras, 'será que ele está falando... não .... de quem será?" Eu me perguntava.

_ ... mas quando ela se virou eu pude perceber
que era mais linda ainda. "Oh, meu Deus! Será
que ele está falando de mim? Não pode ser.

_ Eu ... não estou entendendo o que você ... quer dizer. - disse afita

_ Eu quero dizer que me apaixonei pela mesma mulher que o meu filho. É você Lídia, eu sei que não devia dizer isso mas, eu não aguento mais segurar.

Naquele momento derrubo o copo e fico tão atordoada, sem acreditar no que estava ouvindo. "Será um sonho? Por favor, não me acordem, ele disse que esta apaixonado pôr mim."

_Eu não quero dizer paixão de adolescente, - disse fazendo gestos com as mãos - o que eu sinto eu tenho pensado e repensado todo esse tempo, você não me sai da cabeça, eu não consigo me concentrar - ele segura minhas mãos - em nada, e deixei o trabalho tomar conta para saber que tipo de sentimento era, e eu já sei. Foi difícil tomar coragem e vir até aqui.

"Sentia o mesmo"- pensava

_Eu te amo, te amo muito. - disse beijando minha mão eu ainda segurava, numa voz embargada entre lagrimas que rolavam de seus olhos, eu me senti tão aliviada, não sabia eu dizer ou o que fazer, cheguei perto dele e, com carinho passei a mão em seu rosto enxugando a pequena e insistentes lagrimas que caiam, tomei coragem e disse:

_Você também não saiu mais do meu pensamento, naquela igreja eu estava paquerando o Jhoney, mas quando eu olhei para você os seus olhos ficaram registrados na minha mente. Eu devo lhe confessar, mesmo que não deva, que eu sinto o mesmo que você John.

Ficamos parados nos olhando, ele acariciava o meu cabelo, eu o seu rosto, sem trocarmos palavras, pois os olhos já diziam tudo.

Não sei quanto tempo ficamos assim, mas nós não queríamos nos despedir, ele não me beijou nos lábios, apenas na minha mão, na palma onde eu senti um arrepio que percorreu todo o meu corpo ao contato de seus lábios quente, eu queria sua boca, ele também, mas pôr uma razão obvia, isso não podia acontecer. O que eu estava sentindo era diferente de tudo o que eu já havia experimentado até aquele momento, era amor mesmo, e eu achava que amor era o que eu sentia pelo Jhoney. Eu não conhecia o amor, não como ele apresentava.

_O que vamos fazer Jhon?

_Não temos nada para fazer querida.
Fiquei olhando para ele pedindo uma explicação. Ele segurava minha mão dizendo:
_Eu não quero que você deixe o Jhoney. Ele te ama muito, ele não e mais o mesmo desde que te conheceu. Eu não posso e não devo estragar a felicidade do meu filho e nem a sua.
Ele se levanta caminhando pela sala.
_Jhon agora que sabemos que nos amamos como vamos ficar? Eu sei o que sinto por você.
_Eu sei Lidia, eu também sinto o mesmo, mas isso não pode acabar bem. Eu nunca deixaria meu filho sofrer, não por minha culpa.
Ele estava de costas para mim, cheguei ate ele abraçando-o por trás, ele segura minhas mãos suspirando. Sabíamos que não deveríamos continuar com aquele amor.

Ele foi embora e mais nada dissemos, o tempo como sempre passou eu continuei o meu namoro com o Jhoney, afinal ele era um outro lado que eu adorava, o Jhon não permitiu que eu largasse o Jhoney, ele dizia que ao meu lado ele era mais responsável, o seu amor era tão forte por mim que ele preferia a felicidade de seu filho.
Não conseguimos nos afastar um do outro, mesmo sabendo que era errado o que fazia, me encontrava com o Jhon mesmo ainda ele não ter me beijado, acho que ele estava me respeitando demais até, eu sabia porque,"mas tinha o filho". Ele não queria magoar o filho mas não queria me perder.

Eu não podia deixar o Jhon e não queria também, ele era diferente, o Jhoney era o amor moleque, Jhon era o homem maduro, que sabe o que quer.

Jhon me amava muito, eu sabia percebido, sem deixar os outros perceberem, esse amor ele transformava em "carinho com a nora", como ele dizia, e me mandava flores e presentes sem levantar suspeitas, nos víamos sempre que Jhoney não aparecia, era pouco tempo apenas duas vezes por semana, e nós aproveitava com carinho, ele era tão carinhoso, me dizia coisas lindas que o Jonhey não dizia.

CAPÍTULO III

Um dia do mês de setembro, dia quente de primavera que mais parecia verão, o Jhoney teve que viajar para os Estados Unidos, ia ficar uma semana, eu e o Jhon fomos levá-lo ao aeroporto internacional de Guarulhos, ficamos até ele embarcar, o John ficou um pouco afastado de nós e talvez com ciúme do beijo que o Jhoney me deu, quando virou as costas e sumiu no corredor, o John me pegou pela mão me levando para o carro, fez um caminho por uma estrada que eu sabia não era para minha casa e nem a dele.

_Para onde você esta indo Jhon?

_Você verá - Disse todo sorridente e mostrando aqueles dentes lindos e brancos.

Sorri para ele quando as placas denunciava íamos a caminho do litoral, aquele cheiro de mar e mato misturados, a lua cheia nos seguindo iluminando nosso caminho, o ar estava agradável, riamos, brincando um com o outro, cantando várias músicas no carro como se fossemos adolescentes.., espera ai..., eu era, tinha apenas 21 anos, ele era bem mais velho do que eu, mas o que importava?

Eu o olhava com ternura e recebia o mesmo olhar.

Parou o carro perto de uma praia, não era tarde pois havia algumas pessoas passeando e estávamos no horário de verão, ele tirou os sapatos e a meia, colocou no carro e pediu que eu fizesse o mesmo, trancou o carro e colocou a chave num lugar secreto em baixo do carro.

Caminhamos de mão dadas sobre a areia fofa, por toda a extensão da orla, ele foi me levando bem perto da água eu parei e excitei .

_Ai! — gritei e pulei era só um caranguejo que havia passado perto do meu pé e eu me assustei, ele me pegou no colo e disse:

_ Agora está segura.

Foi caminhando mar adentro e eu protestava:

_Aonde você quer ir? Já molhou a calça, pare!

Ele sorria e não deu atenção ao que eu dizia, a água já estava batendo na cintura dele quando parou e deixou eu descer, quer dizer, ele me jogou na água e eu fiquei toda molhada, vi a brincadeira e entrei de cabeça, joguei tanta água nele que ficou mais molhado do que eu, e foi

nesse clima descontraído que nos abraçamos, ele me pegou no colo, num abraço tão gostoso e forte que quando percebemos estávamos nos beijando, "que beijo", eu pensava.
Ele beijava tão bem, com uma certa selvageria, forte, me apertava, entre seus beijos as palavras de "eu te amo", eu respondendo, o mundo parecia tão pequeno, ninguém existia só nos, o nosso amor florescia, amadurecia e revigorava nossa alma apaixonada. Ele tinha um pouco do espirito aventureiro do filho, mas só. o resto era dele mesmo. Saímos da água, pois eu já estava com frio, ele me olhava sobre o luar, de frente um para o outro ele se ajoelha e me abraça na cintura, me olha e vai descendo a mão delicadamente de meu rosto, passando pelo pescoço até os seios rígidos de frio, eu me estremeço toda de prazer e amor, " agora o amor vai explodir e eu não vou fazer nada para impedir, se eu tiver que ser de um homem, que seja desse", eu pensei, John tinha um sabor diferente.

Mas nada assim aconteceu, não que eu reclamasse, o melhor tem que vir com calma, não de qualquer jeito. Aquela semana foi a mais maravilhosa em todos os sentidos que se possa imaginar, eu o via todos os dias, ele chegava do trabalho e vinha direto para a minha casa que já o esperava, ele dispensou a Vera, dizendo qualquer desculpa, a semana foi embora rápido e nos quase esquecemos de buscar o Jhoney no aeroporto, estávamos nos curtindo quando nos lembramos que já era domingo e que o voo estava programado para chegar á tarde, ele já estava nos esperando, eu e John passamos a noite juntos, mas não, nada aconteceu, ainda não era o momento certo, o John não forçava nada nos só conversamos e planejamos um sonho que estava um pouco distante para nós, que estávamos nos descobrindo, nos conhecendo, sem ficar presos a certos momentos, queríamos que fosse um momento só nosso e esse não era, eu tinha o Jhoney e ele a Vera.
Queríamos o melhor para o Jhoney e não saibamos o que fazer ou como dizer a ele sobre nós, o futuro parecia incerto, eu amava o John, ele era parte de mim, mas gostava do Jhoney e não sabia o

que fazer para não magoá-lo acabando tudo.

No carro o Jhoney tagarelava sobre tudo o que tinha feito o que tinha conseguido e o que tinha visto, parecia uma criança com um presente novo, distribuiu presentes e beijos, estava com ele no banco de trás, me abraçava com carinho e dizia que sentira saudade. Trouxe tantos presentes que eu disse que ele tinha gasto muito dinheiro comigo, com aquele jeito meigo de falar disse:

_Cada uma dessas coisa me lembrava de você, eu pensava em você todo dia, toda hora e toda noite. Ele me ligava todas as noites e para o John também, sempre no celular dele. Me beijou e aquele beijo, aquelas palavras feriram o meu coração, olhei para o retrovisor me deparando com o olhar do John que sabia o que eu estava sentindo. Depois de jantarmos juntos num restaurante que o Jhon nos levou, ele me levou em casa, me despedi do Jhon no carro enquanto o Jhoney estava saindo, aproveitei e dei lhe um beijo nos lábios e depois no rosto, me despedi do Jhoney e entrei. Sozinha em casa eu pensava que futuro teria esse amor.

O telefone toca era Jhoney, ficamos horas conversando sobre o projeto dele e sua preparação para assumir o lugar do pai na diretoria da empresa, desligo, toca logo em seguida, é agora o John, o tom de sua voz esta triste, a nossa conversa é bem diferente, dos lábios dele só sai coisas lindas e elogios para mim, eu o chamo de grandão e ele me chama além de amor, coração, querida, pequena flor, etc.

Outro até poderia chamar de baixinha, isso é até vulgar e chato, um bordão ultrapassado, mas dos lábios dele e vindo com carinho de pequena soava carinhoso, terno e doce. Sempre que estou para baixo, ele me levanta, me dá moral para seguir em frente, sempre estava comigo em todos os momentos que mais precisei. Era o homem perfeito como eu dizia de cama, mesa e banho.

Era o homem mais sexy que conheci cozinhando, nos divertíamos quando ele cozinhava e eu tinha que lavar a louça, a briga era feia, mas sempre na brincadeira mesmo, nunca brigávamos por nada, eu sempre vencia e ele acabava lavando toda a louça, eu apenas a enxugava e guardava. Adorávamos fazer tudo juntos.

CAPÍTULO IV

No dia seguinte não resisti e fui na casa dele, isso não era costume, eu não queria ficar sempre encontrando com o Jhon, o coração já estava muito pesado desde do dia que ele se declarou. Quando eu cheguei com o Jhoney a tal da Vera estava lá bancando a dona da casa, distribuindo ordens aos empregados e não queria deixar eu ver John, já que ele estava de cama com uma forte gripe que o derrubou.

Falei e insisti com o Jhoney que também não queria que eu fosse para não pegar também, eu insistia tanto que ele concordou e eu fui pela primeira vez em seu quarto. Tinha a cara dele, tudo ficava no seu lugar, nos tons de bege e preto, um tapete peludo branco, cama grande e alta e sobre ela estava ele de pijama, meio abatido, com a barba para fazer, um cheiro forte do seu perfume favorito e o meu também, minha vontade era de correr para os seus braços e abarçá-lo cuidar dele, mas me segurei, logo que me viu abriu um sorriso.

_ Como você está? - Perguntei.

_ Agora que eu vejo vocês bem melhor. Jhoney ficou contente porque o John só reclamava o tempo todo e estava de mal humor. Mas quando eu cheguei tudo mudou, ele estava tão bonito, tão indefeso, cheguei perto dele peguei em seu rosto e beijei cada lado de sua face, como se fosse só carinho terno de "sogro e nora", e não de um homem e uma mulher. Ele me puxou para sentar ao seu lado e conversamos como se só houvesse nós dois.

_Não é muito bom você ficar perto. - Comentava Jhoney

_Não se preocupe que eu vou ficar bem. O que você está tomando? -Perguntei-lhe.

_Um remédio horrível que a Vera trouxe. — Respondeu fazendo uma careta

_Você pode tomar um chá bem forte de limão e mel. - disse eu.

_Chá não resolve muita coisa, pode tomar tudo. - Ordema Vera

_Ele tem que tomar algo mais forte.

Percebi que ela estava com ciúmes e não sabia esconder, eu também estava sentido pôr ela poder estar ali e eu não. Jhoney queria sair, eu não queria e deixei bem claro que ele ficasse também, ele estranhou minha atitude, mas acabou cedendo, pediram o que eu e John queria, pizza, a Vera ficou horrorizada com a nossa atitude e inconveniência pôr nossa atitude, não gostou nada do que estava acontecendo, alegava que preparou uma sopa e o John estava recusando.

_Onde já se viu comer pizza na cama, vai sujar toda a colcha. - Disse ela

_Qual é o problema Vera? Deixe sujar, depois é só lavar. Jhoney sentou ao lado do pai, eu de frente em cima da cama, a Vera saiu e foi embora bufando, deixando nós três naquela cama comendo e rindo, fazendo brincadeiras, passando o tempo. Foi divertido, e eu consegui ficar perto dos dois homens que faziam parte da minha vida.

_Quer mais um pedaço? - Perguntou Jhon

Olhei para ele vendo o ultimo sobre o prato. Olhamos uma para o outro sorrindo quando eu ameacei pegar ele também e pegamos juntos.

_Este é meu! - Brincou ele colocando a mão sobre a caixa de pizza.

_Não é meu, você me ofereceu.

_Mas você não respondeu, então...

ficamos naquela brincadeira Jhoney não percebeu, estava ocupado procurando uma musica para colocar. Jhon cortou o último pedaço de pizza e deu o primeiro para mim, e foi na boca, olhei de canto para ver se Jhoney via algo, ele estava de costas. Toda a noite eles me ligaram e, me fazendo sentir a mulher mais especial do mundo, John e eu mantínhamos o nosso segredo guardado a sete chaves, de todos, éramos felizes a nossa maneira, os dois conheciam meus pais, eles gostavam do Jhoney e do John também.

CAPÍTULO V

Já havia se passado dois anos que eu e Jhoney e o John estávamos juntos. Eu havia feito 23 anos e tive duas comemorações, eu queria ficar com o John esse dia dizendo que iria na casa dos meus pais, mas não deu certo, então tive que aceitar a proposta do John e improvisar e armar um jantar num restaurante para comemorar, eu queria que o John viesse jantar em casa, mas não deu certo. O Jhoney preferiu o restaurante e assim eu não teria o trabalho de preparar nada. Eu queria que só nós três comemorássemos, o John já estava sentado com a cartela de vinho nas mãos, logo que entramos eu o vi sentado ao lado da Vera. "A bruxa conseguiu fazer ele trazer ela."
Ela me olhou com ar de triunfo, me cumprimentando e disse:
_Que interessante comemorar o aniversário no restaurante, não é Jhon? - Pergunta ela virando-se para ele.
Ele me olhou afirmando:
_Ela tem muito bom gosto. - Sorria deixando de lado a cartela fazendo o pedido ao maitrê.
_Foi o Jhoney que fez as reservas. - Dizia sorrindo para ele.
_Quantos anos você esta fazendo mesmo?
_ Vinte e três! - Respondi com orgulho.
_Nossa tão criança ainda, tem tanto o que aprender, não é John? - ela falava e olhava para ele que me olhava.
Eu fiquei com tanta raiva dela que queria me rebaixar, mas o John disse o que eu esperava dele:

_Nós temos muito a aprender com ela do que ensinar.

Olhei para ele em resposta, o tempo todo ela se dirigia a mim como se soubesse que eu era sua rival, me tratava com indiferença e hostilidade. Aquilo foi uma tortura, aquela voz chata querendo aparecer me fazendo sentir uma intrusa, ela queria interferir até no pedido do jantar, se não fosse pelo John e o Jhoney que protestavam, a sobremesa foi um lindo bolo com a inscrição que dizia: "Um feliz aniversário para a mulher maravilha ou para essa maravilha de mulher".

Eu sorria porque sabia que os dois tiveram cumplicidade.

Até que o John resolveu ir embora e levá-la para casa, eu queria que ela fosse, mas que ele ficasse, eu até falei para o John ficar, mas o Jhnoney disse:

_Quem vai levá-la? Você não quer que seja eu?

_Não, é claro que não! - Digo meio nervosa.

Não era o que eu queria, mas foi o que aconteceu, aquela mulher se impôs por puro ciúme, fiquei olhando as flores que o John havia me dado junto com uma linda caixa contendo um lindo colar de brilhantes, logo que eu cheguei, como ele era carinhoso, e tinha um bom gosto, Jhoney havia me dado um perfume maravilhoso.

Aquelas rosas vermelha vinha nos acompanhando desde do primeiro dia, ele sempre que vinha trazia uma rosa com um bilhete escrito grudado a ela.

Tantas coisas já faziam parte de nossas vidas, tantas lembranças, tantos momentos e agora aparece alguém que quer roubar tudo o que conseguimos juntos. Eu e o Jhoney fomos dar um passeio depois do jantar, namorar um pouco, fazer planos, e outras surpresas que eu não esperava, ele me deu um anel sem que alguém soubesse.

_É para a garota mais maravilhosa que eu conheci até hoje, e sei que vou amá-la o resto da minha vida. Quer se casar comigo? Se você aceitar é claro!

_Você acha que eu resisto ao seu charme? O que eu poderia dizer?

_Eu espero que não.

Ele enlaça minha cintura me puxando para mais perto dele e me beija, um doce e suave beijo que ele sabia dar tão bem, ele era carinho à sua maneira, gostava de acariciar os meus cabelos, me apertar junto à si que às vezes eu perdia o fôlego, ele fazia carinhos ousados, mas dentro de um certo limite que nós dois colocamos, aquela noite foi maravilhosa na medida do possível, ele me deixou em casa e foi embora, logo que chegou foi para o seu quarto e me ligou, eu estava escovando os dentes para dormir quando o telefone toca.

_ Oi, amor! Como está? - Falava ele para mim

_Com saudades, Chegou sem problemas? - Perguntei

_Sim, sem problemas. Seu pai também já chegou?

_Já está dormindo. Sabe amor eu tenho notado algumas mudanças no comportamento do meu pai. Aquelas palavras fizeram o meu coração se acelerar, e perguntei:

_Que mudanças?

_ Eu acho que meu pai está apaixonado, mas tenho minhas dúvidas se é pela Vera.

_Por quê? - Falei assustada com a resposta.

_Ele nunca falou tão carinhosamente com ela no telefone, nem quando se conhecerão. Ele pode ter mudado, você não acha? Não sei, o seu cartão de crédito denúncia tantas compras de flores e presentes, além de restaurantes. E você ouviu pela boca da Vera que faz tempo que eles não saem para jantar fora. E quem você acha que é?

_Não faço a menor ideia.

_Faz muito tempo que ele não gastava tanto com uma pessoa, são várias faturas diferentes.

_Acho bom você deixar seu pai em paz, ele tem todo o direito de ter quem quiser, é um homem livre, se for verdade eu dou todo o meu apoio. Essa Vera é muito chata e pegajosa. Você não viu como se comportou hoje?

_Você tem razão, eu creio que essa pessoa é bem especial para o meu pai, ele começa a chamá-la de pequena flor e etc. Eu ouvi outro dia ele falando no telefone...

Eu o interrompo na hora.

_ Agora você está espionando seu pai Jhoney?

_Não, é claro que não! Eu ouvi sem querer, eu estava indo ao seu quarto conversar e escutei, só isso. Eu quero o seu bem, e não que ele sofra, e se pôr acaso for uma oportunista? Mesmo que a Vera não seja a pessoa mais indicada para ele isso ela não é, a família dela é bem tradicional e rica.

_ Jhoney, eu sei que o seu pai é um homem inteligente, esperto, um homem bem vivido, deve saber o que esta fazendo. Eu sei que você se preocupa com ele pôr ser filho, mas vamos deixar ele um pouco de lado e falar sobre nó. - disse fugindo do assunto.

_Você não poderia ter dito nada melhor. - Ficamos conversando coisa nossas, eu tentava fazer o Jhoney esquecer a vida do pai, se ele fosse interrogar o pai ouviria uma grande mentira seja ela qual for, o John nunca ia contar-lhe a verdade, ele nunca ia magoar o filho, podia até abrir mão do nosso amor, eu compreendia e o apoiava na sua decisão.

Tudo o que ele me contou me fez estremecer de emoção, todo a respeito do John me fazia tremer de paixão, logo depois que o Jhoney desligou foi a vez do John ligar, contei-lhe tudo e pedi que ele pensasse bem no que fosse dizer caso o Jhoney o interrogasse, ele me tranquilizo dizendo que tudo o que ele fazia e pensava era na minha felicidade e na felicidade do Jhoney.

_Estava tão ansioso para falar com você. - Disse o John

_O Jhoney estava me contando sobre a viajem que ele fará na próxima semana para Brasília, a capital desse nosso grande país.- dizia eu enfatizando as palavras.

_Eu queria tanto que você fosse! — Sua voz soava triste — Não vai ser a mesma coisa, se você estivesse lá para vê-lo, eu ia gostar de te mostras muitos lugares bonitos que eu conheço lá. Infelizmente pôr causa do meu trabalho não vou poder ir. Eu falei com o juiz Álvaro sobre a possibilidade de pegar um dia de folga, ele alegou falta de oficiais na área e que ia ser possível, não no momento, a falta de oficiais ainda é grande.

_Eu vou sentir tanta saudade que quando eu chegar você vai ter que compensar.

_Garanto para você que será um imenso prazer. Vê se não fica tanto tempo no telefone, eu já estava a ponto de ir ao quarto do Jhoney e pedir que a deixasse dormir. Ele fala demais.

_Olha só quem fala! Você é igual a ele. Não que eu queira que você desligue, mas viu que horas são? - Disse olhando para o relógio a minha frente.

_Meu Deus amor! Já passou das 03:00 da manhã, eu nem percebi que era tão tarde, me perdoe! Eu fico sem noção quando estou com você ou falando, o tempo parece que não existe.

_É verdade eu sinto o mesmo. Amor eu vou desligar e amanhã eu te ligo, não se esqueça que eu te amo, um beijo nos seus lábios doces e quentes.

_Eu também te amo muito amor, e um beijo bem gostoso. Depois de desligar eu deito na cama e fico pensando naquela voz grave, forte e decidida, trêmula de paixão, doce som que me embalava de prazer.

Mas como na vida tudo não são flores e cor de rosa, Jhoney tinha completado 26 anos e a sua carreira estava em ascensão, recebeu uma promoção e um trabalho esperado muito por ele que lhe rendeu o prêmio de melhor arquiteto do ano, o prêmio ia ser entregue em Brasília porque seu projeto era para aquela cidade, preparou um pequeno discurso e me mostrou quando veio em casa para jantar comigo, ele não queria dormir na cidade e disse ao John que ia com ele, e mais duas tias, que voltaria no mesmo dia, assim que terminasse a cerimônia.

Depois que recebeu o prêmio me ligou em casa.

_Amor eu já estou de saída, estou tão ansioso para te ver, eu tenho uma surpresa!

_Por favor, Johney tenha cuidado ao voltar as estradas são perigosas!

_Pode deixar amor eu tomo cuidado, eu te amo muito, um beijo.

_ Eu também, um beijo.

Ele desligou e logo em seguida o John ligou:

_Oi querida! Esta tudo bem?

_Sim, e ai como está?

_Tudo no maior tédio mas bem.

_O nosso Jhoney está muito feliz.

_ É, eu acabei de falar com ele e parecia bem entusiasmado com o prêmio.

_Ele lhe disse que o dedicou a você?

_Não, isso ele não disse.

_Amor, nós vamos embora ainda hoje, o Jhoney não quer ficar aqui.

_Você não pode segurá-lo ai? Eu não queria que vocês dirigissem a noite.

_Vai ser difícil, ele esta me chamando para ir embora. Você sabe corno ele é, eu vou dirigindo, não se preocupe, se cuide, um beijo amor.

_Outro. Vem com Deus amor.

Ele desligou, eu não fiquei sossegada, a preocupação era muito grande, uma angustia no peito, não conseguia dormir e fiquei acordada esperando uma ligação de qualquer um deles.

CAPITULO VI

Jhoney resolveu comprar um carro, e queria me mostrar a pick-up nova, que sempre fora o seu sonho de consumo, ele não permitia que seu pai lhe desse, ele queria comprar com o seu próprio dinheiro, o John vinha atras com o seu carro, ele não gostou da ideia do Jhoney comprar o carro, mas nada podia fazer nada, ele sempre fora impulsivo, ligava a toda hora de seu carro e falava para ficar esperando que logo chegaria e queria me levar em uma viagem para Florianópolis passar o final de semana.
Disse que chegaria primeiro que seu pai, eu insistia que ele não falasse no celular enquanto dirigia, mas, era teimoso e estava muito feliz, dizia que no máximo ás 11:00 horas chegaria na

minha casa, mas nunca chegou, sofreu um acidente que o matou na hora, seu capotou três vezes e ficou para sucata.

Esperava por ele na varanda, "já passou da 01:00 da manhã e ninguém atende o celular, nenhum dos dois, o que aconteceu? Espero que não seja nada". Eu pensava.

Acabei dormindo no sofá da sala, com um sobressalto acordei, levantei para ir ao banheiro, escovava os dentes quando a campainha toca, olhei para o relógio, eram 8:00 da manhã, corri para atender, era o Jhon, me surpreendeu, e me assustou ao ver o seus olhos vermelhos, distantes e tristes, cabeça baixa, ele foi entrando fechou a porta e me abraçou.

Eu o conduzi até o sofá e sentei ao seu lado, ele debruçou sobre mim e começou a chorar e a falar coisas sem sentindo.

_ John eu não estou entendendo o que você esta dizendo.

_O que têm o Jhoney? O que aconteceu com o carro, você está me assustando. - Ele respirou fundo, fui pegar um copo com água para ele tentar se acalmar.

_O que foi que aconteceu John! Você esta me deixando nervosa. Você contou alguma coisa para o Jhoney?

 Eu pensava que o Jhoney tivesse descoberto tudo a nosso respeito e tivesse sumido para algum lugar, ele me olhou bem no fundo dos meus olhos, as lágrimas desciam pelo seu rosto.

_Querida, meu amor, o nosso Jhoney foi embora para sempre.

_Como assim? Foi embora ? Para onde? O que
você contou a ele John? Ele balançou a cabeça
negando.

_Ele sofreu um acidente com o carro que estava dirigindo, capotou três vezes depois que bateu num caminhão que vinha no sentido contrário.

_Mas que carro? Você disse que estava dirigindo?

_Você o conhece, ele sempre foi louco para comprar uma pick up.

Eu chorava mais do que ele que chegava a soluçar, meu corpo todo tremia, John continuou a falar de cabeça baixa.

_Fiz questão de te contar pessoalmente.

_Onde ele esta?

_Esta no necrotério, já providencie tudo, ele vai ser enterrado ao lado da mãe. - Ele colocou as mãos sobre a cabeça.

Fiquei de pé e não queria acreditar no que estava ouvindo, nada daquilo podia estar acontecendo. Abracei ele e choramos juntos, nossos sentimentos começava a fluí de uma tal forma que era impossível conter nosso desespero e nossa tristeza, não sabia o que estava fazendo, chorava e beijava ele tanto que ele chegou a sentir dor, socava o seu peito, até que ele me abraçou forte me fazendo acalmar.

_Acalme-se Lídia.

_Eu sou culpada.

_Para com isso você não é culpada de nada.

_O que eu vou fazer sem ele?

_O que eu vou fazer sem ele também? Não se esqueça de que ele é meu filho.

Olhei para ele sem saber o que lhe responder, ele puxou minha cabeça deitando no seu peito. Depois que estava mais calma ele começou a me contar o que tinha acontecido. Contou que tudo foi muito rápido, ele estava no seu carro bem atrás do Jhoney que corria muito, ele não conseguia acompanhá-lo, quando ele passou pôr um acidente que tinha acontecido bem na sua frente e tinha parado o trânsito, quando voltou a andar viu o carro do Jhoney debaixo de um caminhão, ele quase perdeu a direção do seu próprio carro, correu no meio dos carros indo até ao acidente, ia como louco, ficou abalado, chocado, gritava, suas irmãs vieram em seu auxilio, quando ele viu uma foto saindo da carteira do Jhoney, era uma foto que eu e ele tinha tirado no shopping. Ele pegou a carteira e ficou olhando a foto, limpou as lágrimas e continuou a contar. Pegou o celular que estava ligado no meu número de telefone.

_Foi tão difícil suportar amor, está tudo tão torto na minha vida que eu não sei se conseguiria se não existisse você, por isso eu fiz questão de eu mesmo vim lhe contar. Ele estava falando com você quando aconteceu o acidente, porque vi o último numero que ele ligou, só tinha o seu.

_Ele não devia ter falado ao celular enquanto dirigia, eu falei com ele várias vezes e se eu não tivesse falado com ele nada disso teria acontecido. Se eu tivesse insistido com ele sobre isso, eu sou tão culpada quanto ele.

_Por favor, amor não se culpe, ele não ia te escutar.

_Ele não ia mesmo, eu lhe avisei que não era para falar no celular enquanto dirigia, mas ele sempre foi tão teimoso.

_Puxou a mãe dele, que era do mesmo jeito, só fazia o que queria, sempre, nunca dava ouvidos a ninguém.

John fez de tudo para que o corpo do Jhoney fosse levado para a casa de sua irmã, que antes fora a casa da sua avó, Jhoney sempre gostou do lugar, ele se sentia sempre uma eterna criança naquele lugar, arvores frutiferas por todo quintal, muitas flores.

_Ele costumava a subir nessas arvores brincando de tarzan, até imitava o grito. - contava John com lagrimas nos olhos. - Eu nem consigo vir aqui desde que minha mãe faleceu, eu fazia exatamente como ele, adorava esse lugar. Agora ele volta pra cá não da mesma maneira.

Ele não consegue mais segurar o choro, sua irmã o abraça, fiquei perdida naquele momento o chão não existia mais, tudo estava desmoronando sobre mim.

No seu velório tudo o que podia acontecer, aconteceu, ninfetas chorando e gritando, mulheres grudando no caixão, enfim eu que era a namorada ....não a noiva, pois ele tinha comprado um anel de noivado no dia do meu aniversário.

Estava amparada pelo John, que me conduziu até ali, naquela coisa, não deu para ver bem porque o caixão estava lacrado, eu me sentei e o John ao meu lado, os meus pais estavam lá, recebemos os cumprimentos, ele não me deixava sozinha e nem o deixava, todos queria nos separar com aquelas frases: "Deixa que eu fico um pouco com ela ." ou vice- versa, e nós não nos separamos, nos consolando um ao outro.

A Vera parecia que era a própria mãe e ficava grudada no caixão e dizia que também estava sofrendo, acreditamos, mas o John não me deixava um instante.

No enterro eu o abracei e chorei muito, ao ir embora meus pais quiseram me levar o John não deixou e disse que me levaria

para casa. Ninguém nada disse e fomos no mesmo carro, ele não deixou ninguém nos perturbar nem a Vera o John deixou vim conosco, eu nada dizia deixava me levar por ele.
Alguns até tentaram nos seguir, mas o John dirigiu com habilidade e calma que lhe era peculiar e eles nos perderam.

◆ ◆ ◆

Queríamos passar essa dor sozinhos, foram dois dias de sofrimento para nos dois, ele tinha levado uma parte de cada um de nós, ficaria na memória e no nosso coração. Fomos até uma cidade mais próxima, um lugar afastado, onde só ele conhecia e tinha um lugar bem sossegado, e lindo, um tapete verde se desenrolava pela montanha, muitas flores e a vista era ampla e bonita.

Era o lugar preferido de John, vinha quando queria apenas pensar, ficamos sentados um bom tempo sem falar coisa alguma. soprava um vento de verão deixando a temperatura agradável.

Não havia o que dizer, falar o quê? Só o que sentir, deitei no colo dele e ali fiquei aconchegada, ele passando a mão no meu cabelo, enxugou uma lágrima em seu rosto e disse:

_ Pequena, a vida continua para nós, vamos ter que superar o que aconteceu.

_Eu sei, eu quero continuar com você.

_Achou que eu fosse desistir de você? Pôr nada nesse mundo eu faria algo assim. Eu te amo e agora....- com uma voz embargada de emoção disse:- ...você é minha só minha. - Ele dizia me apertando em seus braços.

_ Eu te amo sabia? Tanto que chega a doer se eu não botar para fora todo esse sentimento.

Ele me abraçou forte e me beijou com ardor e desejo que estava sentindo naquele momento, a nossa volta desapareceu e, só restava nós dois.

_Sabe que eu sempre pensei em trazer você aqui, mas nunca tivemos oportunidade. disse ele acariciando o meu rosto.

_Eu adorei esse lugar, ele parece com você, é bem o seu jeito tranquilo, lindo e meigo de ser. Obrigado pelo lindo, mas você sim é que é linda, esse seu sorriso, seu cabelo que sempre me fascinou, você nunca vai cortar viu?

Dei um sorriso tímido em resposta.

Os meses se passaram, eu estava feliz ao lado do John, agora nós nos víamos todos os dias, ele vinha jantar em casa, deixou a Vera, ele queria que toda a família soubesse do nosso namoro, eu achava que era cedo ainda para isso.

_Querida eu quero acabar com esta historia de fazer tudo escondido, eu quero te assumir perante a família toda.- disse ele me abraçando - Não aguento mais os meus amigos me arrumando namoradas.

_Não gostei da conversa, - Brinquei - mas se você quer assumir o risco, eu topo.

Ele me pegou no colo, me beijando várias vezes, palavras bonitas que toda a mulher gosta de ouvir. A noite foi maravilhosa até que ele disse que ia embora.

_Vamos ter todo o tempo do mundo só para nos curtir.

_Cuidado pôr ai, dirija com atenção.

_Eu ficarei bem não se preocupe.

_Você podia dormir aqui hoje.

_ Eu sei amor, mas quero fazer tudo direito. Amanhã cedo eu venho para te levar para falar com os seus pais.

_Muito bem, quando vamos falar
com a sua família? Ele pensava,
olhou um catálogo de dias e disse:

_Que tal na Quarta- feira? Para mim esta ótimo.

_Então está marcado.

Ele me pegou no seu colo depois que marcamos a data, me beijou como sempre fazia, eu adorava seu beijo.

Dormi tranquilamente aquele noite sabendo que logo tudo ia se resolver e o meu amor pelo John ia sair do anonimato.

Logo cedo Jhon veio e fomos para a casa dos meus pais que logo vieram nos receber com alegria, meu gostava muito dele assim como a minha mãe, todos tinham uma grande admiração pôr ele que sempre foi um homem simples e de hábitos simples, como o Jhoney também era.

_Que bom que você pode trazê-la John. — Disse meu pai -Faz tempo que ela não vem nos visitar.

_Que isso pai, eu vim mês passado.

_E não é muito tempo filha? — disse ele me abraçando — Nós sentimos saudades de você.

_Eu sei pai, eu entendo é que eu tive muita coisa para fazer, andei tão ocupada.

_Tudo isso para esquecer o Jhoney não foi?

_Também. Mas não foi só eu que sofri - disse olhando para o John - Ele também, e nós dois juntos estamos conseguindo nos manter em pé depois do que aconteceu conosco. - disse apertando minha mão.

_Eu vim com ela justamente pôr isso seu Manoel - Disse o John - Eu e sua filha estamos namorando.- Ele não esperou a reação dos meus pais e foi logo falando tudo - O senhor sabe que eu não sou um homem de rodeios e nem de ficar enrolando ninguém muito menos a sua filha que eu tanto amo.

Meus pais demoram um pouco para assimilarem tudo o que ele dizia, mesmo porque Jhoney tinha falecido a pouco tempo.
_Eu não vou esconder a minha surpresa, mas estou contente por dizer a verdade fico feliz pôr vocês dois. - apertou a mão do John John como sempre precavido, abriu uma garrafa de champanhe para comemorar.
Eu sabia que com eles não haveria problemas, mas não tinha tanta certeza quanto a família do John, quanto a eles eu me sentia insegura. Ele concordou a todos para uma reunião em seu apartamento, só não disse o motivo, deixou todos na expectativa.
Ele veio me buscar as 18:00, e quando eu cheguei todos ficaram sem saber o porque eu estava ali, já que não tinha mais o Jhoney, me perguntaram e eu disse que era o John que queria a minha presença.
Todos já estavam na sala sentados inclusive as duas irmãs de sua ex. mulher, a Cecilia e a Cibele, e o meio- irmão o Cecil. As irmãs do John a Jacqueline e a Jénifer e a Vera. Família reunida Jhon começou:
_Eu conheci uma pessoa, que desde que a conheci começou a fazer parte da minha vida, uma pessoa que eu amo acima de tudo, que o meu filho amava também, eu resolvi falar para vocês porque como todos sabem eu não gosto de esconder nada de ninguém.
A medida que o John falava eles ficavam mais e mais curiosos e, alguns até diziam entre si arriscando palpite sobre quem seria a mulher, a Vera se mantinha em silencio absoluto, nem piscava.

Ele me olhou e me estendeu a mão, eu segurei, estava nervosa, fiquei em pé ao seu lado, todos nos olharam, foi um disparate ao ouvido de todos quando ele disse:
_ Essa é a mulher da minha vida, a mulher que eu amo, vocês já

conhecem, eu não preciso apresentá-la.

Eu tremia toda quando vi no rosto de cada um o espanto, e até a indignação, quase todos reagiram da mesma forma.

_Você ficou louco John? - Reclamava a Cecília indignada.

_Isso é um absurdo, o seu filho faleceu faz pouco tempo. - Disse a Cibele

_E o que têm isso? - Disse o John

_E você? Como pode fazer isso com o Jhoney? - Fala a Jack se dirigindo a mim. Todos estavam me condenando, menos o Cecil que ficou indiferente ao assunto.

_Eu não sei o que eu estou fazendo aqui! - dizia eu, queria sair dali mas John segura minha mão firmemente.

John olhava para o Cecil levantando para dizer:

_Você é viúvo, portanto é livre e pode fazer o que quiser de sua vida. - Disse ele

A Vera me chamou de piranha para baixo e disse que eu tinha usado o Jhoney para chegar ao John, que eu apenas queria me aproveitar da situação.

_Você é uma oportunista barata que só quer saber do dinheiro dele, - Falava Vera

_Vocês todos estão enganados quanto a ela, que nunca quis nada. Nem ela sabe o que eu vou dizer aqui, o Jhoney deixou em testamento a sua parte para ela, caso eles se casassem ia ser dividido, se algo lhe acontecesse ia tudo para ela. Eu estou divulgando de primeira mão o que logo ela ia saber. - Ele me olha sorrindo, eu estava surpresa e perplexa com o que ele disse.

Todos falavam ao mesmo tempo não dando oportunidade para que eu ou o John falasse.

A Vera era a mais indignada de todos, me acusava de tudo, e que agora ela sabia da separação do John, gritava feito louca e saiu batendo a porta.

Ele estava impassível e assim continuou, sua irmã Jack começou a dizer que eu tinha dormido com vários homens para poder chegar até ali, para mim foi a gota d'água eu soltei a mão do John e encarei um pôr um, e disse:

_Para o governo de vocês eu e o Jhoney nunca dormimos juntos, nem eu e o John, porque eu ainda sou virgem.

Alguns começaram a rir e a falar bobagem.

_Que disparate você disse! Agora quer que todos nos acreditemos que você é virgem.

_Acho que nem no signo. - Dizia a irmã do John

Eu sai da sala porque não aguentava mais tanta humilhação, fui para o terraço, o John colocou um ponto final na reunião dizendo:

_Eu não pedi para vocês virem aqui para criticar ou humilhar ela, eu só queria comunicar porque a melhor maneira é a conversa.

Mas vocês a maltrataram e a fizeram infeliz, e tudo o que disseram a ela me atingiu, ela fez e faz parte de mim.

_Mas o seu filho John? - Disse a Jénifer - Ele sabia?

_ Não ele não sabia, porque não havia nada para saber e foi melhor assim, ele não sofreu. Agora por favor, eu quero ficar a sós.

_Com ela não é? - Retruca Jack

_Sim com ela. Eu vou me casar com ela quer vocês aceitam ou não.

Agora queiram se retirar, todos. Ele fez com que todos fossem embora, falavam ainda coisas absurdas, ele trancou a porta e foi até onde eu estava no terraço, ele chegou perto e me abraçou pôr trás dizendo:

_Não chore querida. Eles não vão fazer nada mais para magoá-la. - Me fez olhar para ele, levantou o meu queixo e enxugou as lágrimas do meu rosto e me beijou. - Minha querida eu estou tão surpreso, ainda estou ,— disse ele me fazendo olhar para ele - É verdade que você e o Jhoney nunca transaram?

_É verdade, você não acredita em mim? Ele me abraça forte e diz:

_Claro que eu acredito, mas é que eu não esperava pôr isso e não sabia que ainda podia ter uma mulher assim como você. Não vai se animando não, isso é tabu lá em casa, você conhece os meus pais, se eles soubessem que você dormiu em casa não iam acreditar que eu ainda sou virgem e que nada aconteceu, mas não é porque quero, é consequência , nada dava certo e eu não achava o homem ideal, o Jhoney sempre soube e respeitava isso, ele quis ficar noivo e fazer tudo direito, até pediu para o meu pai a minha mão.

_ Ele sabia! Mas ele vivia dizendo sobre o seu corpo, como era bonito e como gostava de sentir ele, eu ficava com tanto ciúme que ás vezes não lhe dava ouvidos. Mas não sabia amor que você...é maravilhoso amor saber que eu vou ser o primeiro e o único da sua vida.- ele me beija com intensidade e continua - A mãe do Jhoney era bem jovem quando nos conhecemos e ela já havia transado com tantos homens que eu fui o único burro que a engravidou.

_Não diz isso amor!

_Eu vou falar com o seu pai também, e vou fazer tudo direito, vou levar você para Florença, uma linda cidade na Itália, onde um amigo meu o Régis tem casa numa pequena vila, e pode me emprestar, você vai adorar o lugar.
_Vou para qualquer lugar com você.

Ele me puxou para ele me beijando com paixão e adoração, ele não foi embora aquela noite, ficamos fazendo planos e trajetos pôr onde íamos passear, o que íamos ver, ele se encarregou de fazer tudo, no dia seguinte fomos até a casa dos meus pais que quando souberam ficaram felizes com a noticia, dava para ver no rosto deles, a família do John ainda era o oposto, mas ele não ligava, a família de sua ex-mulher não apareceu mais, a pobre da Vera quando soube do casamento teve uma crise de depressão, tomou tantos remédios que teve que ser levada a um hospital fazer uma lavagem estomacal de emergência.

CAPITULO VII

O nosso casamento foi bem simples, o John dizia que tinha pressa em me fazer sua esposa, ninguém da família dele apareceu, apenas os seus amigos estavam presente, a minha família estava em peso. Deixamos todos na festa, apenas cortamos bolo e mais nada, fomos direto para o aeroporto internacional de Guarulhos. A cidade realmente era linda e calma, flores para todos os lados, casas que pareciam ser de boneca, tudo parecia refletir o amor, tudo cheirava amor, era muito romântica.

A casa em que ficamos era pequena e aconchegante. estava tudo arrumado e limpo, tinha uma senhora que cuidava da limpeza e da comida, o seu esposo cuidava da propriedade e de pequenos consertos, moravam nos fundos, tinham um casal de filhos que ajudavam.

John estava excitado com tudo o que vinha pela frente. Eu estava nervosa e não queria desapontá-lo, não depois de tudo o que ele fez, o casal nos conduziu até o quarto.

Agora sozinhos eu fiquei parada feito uma tonta, não sabia o que devia fazer primeiro, aquele homem ali na minha frente, agora ia ser só meu e eu dele, era tão emocionante e até meio boba a situação, ele corria de lá para cá, guardava isso tirava aquilo, colocava ali, tudo automaticamente. ele nem tinha percebido que eu estava parada perto da porta e o olhava, ele parecia estar sozinho, até que derrubou o vaso com flores no tapete molhando tudo, ele abaixou para apanhar e de repente levantou a cabeça me viu sorrindo, parecia que era a primeira vez, largou tudo e ficou me olhando, eu ainda segurava a bolsa, palavras não precisava, os gestos, o olhar, a boca entreaberta, tudo denunciava o amor, o chão parecia que rodava sobre nossos pé, eu me senti na necessidade do momento de dizer algo, o silencio era quase que impenetrável.

_Você está mais nervoso do eu - Gaguejando com um sorriso trêmulo, como se fosse a primeira vez que eu estava sozinha com ele.

_Desculpe, eu não sei exatamente o que estou fazendo eu ....

_Que tal deixar tudo acontecer, sem planejar nada.

_Tudo bem, mas o que eu faço?

_E se você for ver se tem água quente na banheira e coloque isso dentro para mim. - Disse eu pegando umas bolinhas de banho perfumadas - Quando terminar entre dentro e espere pôr mim.

_Eu não poderia ter dito algo melhor.

Ele sorriu e foi, enquanto isso eu tirava da mala as toalhas e os roupões, tirei minha roupa e vesti o meu, peguei as flores do chão e preparei um surpresa, ele estava deitado com os olhos fechados, deixei cair o roupão e coloquei o pé dentro da banheira, ele abriu os olhos e me deu a mão para entrar, sentei de costas para ele que me agarrou e me puxou para si, estava excitado ao extremo, sussurrou palavras doces em meu ouvido e até palavras obscenas, que me deixara louca de prazer, e não via a hora desse ato se consumar, ele passava a mão sobre o meu corpo, soltou meus cabelos, me beijava com certa selvageria e vontade, eu já não agüentava mais esperar, levantei, ele saiu da banheira e me pegou no colo, me levou até o leito onde ele viu a surpresa que eu tinha preparado, peguei as rosa que ele derrubou e enchi a cama com as pétalas, ele sorriu e gostou muito, me colocou delicadamente na cama e deitou ao meu lado, me observando, com a mão acariciava o meu corpo vendo eu me estremecer, meu corpo estava todo arrepiado.

◆ ◆ ◆

De repente tudo desapareceu, eu era dele e ele meu, estávamos agora unidos e nosso amor explodindo, ele gemia de prazer, eu também pois ele foi tão delicado que eu não senti dor alguma e sim prazer de ser dele.

Ele me ensinava, me conduzia da forma que gostava, tudo era feito naturalmente com ternura, ele sabia o que fazia e o que queria, me amava de uma que eu jamais pensei que pudesse ser amada pôr um homem, ele me beijava todo o tempo.

Fizemos amor várias vezes aquele dia, sim dia, porque chegamos na cidade um pouco depois da 13:00 horas da tarde e já passava das 18:00 horas quando bateram a porta, ele se enrolou no lençol e foi atender, era a senhora que veio anunciar o jantar ia ser servido, ele mal abriu a porta, eu olhava aquele homem grande de 46 anos de idade em plena forma, todo enrolado no lençol, cobiçado pôr muitas mulheres, e eu jovem sortuda ganhadora do prêmio estava ali com ele.

John se cuidava muito, fazia ginástica, natação e musculação, tinha um braço forte que era gostoso de pegar, parecia um deus grego, o "Apolo", é ele mesmo, era só meu agora mais que nunca, mas quem disse que estávamos com fome de comida? Estávamos com fome de amor.

Ele agradeceu a senhora e voltou para a cama, deixou cair o lençol e eu o afastei para poder olhar o seu corpo todo, ele ficou excitado e fizemos amor novamente, agora mais forte e mais intenso que antes, tudo o que queríamos fazíamos juntos, numa harmonia em ritmo de amor.

No dia seguinte fomos passear na cidade, conhecer o vilarejo que era muito bonito, tiramos fotos, compramos lembranças, o frio estava um pouco forte esse dia, eu quis voltar, não aguentava mais bater os dentes, acostumada com o calor do Brasil o frio europeu era um pouco demais para mim. Voltamos o que foi melhor, ficamos sozinhos na casa, a lareira estava acesa quando chegamos, ele abriu uma garrafa de vinho e ficamos perto da lareira, peguei um cobertor para nos aquecer, aos poucos nossas roupas foram saindo revelando nossos corpos, fizemos amor com tal apetite que parecia ser a primeira vez, curtíamos um ao outro e esquecíamos o mundo lá fora.

O nosso quarto era o nosso ninho onde fazíamos as nos

sas loucura de dois apaixonados.

O John demonstrou tanto amor pôr mim, o seu carinho e cuidado que ele tinha, o respeito que ele sempre teve com a nossa ralação, no tato comigo, nós tínhamos uma relação construída de amor sólido e bonito, compreendemos um ao outro, retribuindo os nossos carinhos e afetos, eu queria fazer tudo pôr aquele homem que eu tinha nos braços e que fazíamos amor com uma segurança total em nossos sentimentos, eu adorava os seus beijos, gostava de sua maturidade e sua experiência, amava cada pedaço dele e fazia tudo o que ele queria.

_Amor, eu não estou sendo chato ou repetitivo? perguntou

_De maneira alguma, tudo o que você esta fazendo eu estou adorando.

_Se eu ficar chato e você não gostar do que eu estiver fazendo você me diz, tudo bem?

_Não se preocupe que isso não irá acontecer, eu posso te garantir, - disse puxando para cima de mim - que tal você parar de falar e continuar o que estava fazendo.

No outro dia o sol resolveu esquentar o nosso dia, brilhava forte num céu limpo e azul, resolvemos passear e fazer um pic-nic, a senhora que cuidava da casa, a dona Emília, resolveu nossos problemas e preparou uma deliciosa cesta para nós, fomos andando até que tudo ficou para trás, a quilômetros de distância, chegamos a beira de um lago, muitas árvores, e uma relva macia e verde, eu estendi a toalha, e não colocamos a comida não, o John inclinou-se me puxando para ele, abraçando,beijando, dizendo que me amava, que era feliz, e que me queria ali mesmo, eu fui me entregando aquela loucura, cedendo aos seus carinhos, aquele desejo que John sentia era incontrolável, até que ele disse:

_Querida, amor eu não a estou assustando?

_Não! - Digo quase sem fôlego - Você me faz sentir mulher, viva, e eu não pensei que pudesse ser assim tão bom, você é maravilhoso.

_ É que eu não consigo me controlar quando estou sozinho com você. - Disse ele me olhando - Você me deixa louco, você é perfeita, é tudo o que eu sempre quis e nunca tive - ele me beijava no pescoço e ia descendo.

_Eu não quero decepcioná-lo.

_ Isso seria impossível, eu vou mostrar a você o que o nosso amor pode ser capaz e como ele é eterno.

Ele pegou uma faca e começou a lascar uma árvore, gravou nossas iniciais, fez juras de amor ao meu ouvido, parecia coisas de adolescente sim, mas e dai? Era a forma como nos sentíamos unidos. Tudo estava tão bom, tão perfeito que nós não queríamos voltar, não queríamos voltar as lembranças do passado que ainda pairava sobre nós, mas não havia outro jeito, eu tinha o meu trabalho e ele a empresa, a nossa vida não seria um conto de fadas, mas ia ser uma eterna lua de mel.

CAPITULO VIII

Havíamos vendido os nossos apartamentos e comprado outro, outros móveis, tudo novo para começarmos com o pé direito, voltamos para o Brasil cheios de saudade de todos os entes queridos, a minha família se tornou a família do John.
Ao entrar no nosso apartamento eu vi o retrato do Jhoney, aquilo me fez sentir uma tristeza, o Jhon levava as malas para o quarto, eu me sentei no sofá com a foto na mão, e as lágrimas começaram a cair. John veio junto de mim, ajoelhou aos meus pés e disse: você sente falta dele não sente? - disse com voz triste Eu sinto sim, pois ele me fez muito feliz, mas não sinto a falta dele como homem e sim como um amigo.

_Desculpe querida, - Falava passando as mão sobre as minhas pernas - eu também sinto muito a falta dele, ele era o meu companheiro, o meu amigo.

_John eu quero que saiba que eu gostei muito do Jhoney, mas amor mesmo eu conheci com você, é você que eu sempre amei, eu não quero que esse passado venha a atrapalhar o nosso relacionamento.

_Eu entendo o que você quer dizer - Sentou-se ao meu lado e me abraçou - é que eu senti muito ciúme dele, da alegria que ele esbanjava pôr estar com você, ele também foi muito feliz com você, eu sei que não te mereço mas, eu não consigo deixar de te amar.

_Eu não quero esquecê-lo!

_Nem eu amor!

_Você é incrível sabia? Pôr isso eu te amo muito mais do que você pensa.

_Eu não penso eu sei, e pôr isso eu vou te levar para o nosso quarto agora e te mostrar o quanto eu posso te amar.

O retrato do Jhoney ficou para trás, e tudo foi esquecido, nada atrapalharia aquele amor, e sim acrescentaria. John parecia que tinha rejuvenescido dez anos no mínimo e todos diziam isso. Quando certa noite que ele chegou do trabalho eu o surpreendi com uma noticia.

_Amor estou grávida - Falei sem rodeios.

Como era de se esperar ele ficou sem fala, me abraçou, chorou, me beijou me pegando no colo, se ajoelhou em minha frente, levantou minha blusa e ficou beijando minha barriga, as lágrimas rolavam pelo seu rosto, ele reuniu forcas e disse:

_Você me fez o homem ainda mais feliz do mundo. - Disse me beijando delicadamente. Se ele era delicado na hora de fazer amor, agora ele era o dobro, gentil, terno, mas sem deixar de ser sensual e até um pouco selvagem e moleque.

Gostava de me perguntar tudo o que fazia, queria ser perfeito e saber se eu estava gostando, o que queria, se ele estava agradando, e como estava se saindo. Tinha as nossas músicas que sempre nos acompanhava em todos os momentos, tinham os mesmos gostos. parece que ele já sabia do que eu gostava, ele me surpreendia a cada dia, sabia como agradar, até entendo o que a Vera sentiu quando o perdeu e ainda para uma mulher mais jovem, a coitada entrou em parafuso. Olhando-o fazer a barba fiquei pensando em como seria o meu futuro sem ele, tudo girava em torno daquele homem e, ele fazia tudo pôr mim e para mim, essa criança que estava dentro de mim crescia já sabendo que teria um pai amoroso e dedicado, o cabelo dele estava um pouco mais branco do que quando eu o conheci, ate a sua barba estava um pouco branca que agora ele tirava tão distraído sem perceber que eu o olhava e

Tínhamos vivido intensamente com bons e ate tristes momentos, mas superado todos, não quero pensar muito no futuro e, sim no presente, naquele momento que eu estava vivendo.
Tivemos uma linda garotinha e dois anos depois veio o nosso garoto. Ele havia se tornado o que eu já imaginava um pai dedicado, amoroso, que vivia para a família.
O Jhoney não foi esquecido, mas meus filhos só souberam que ele era seu outro irmão e não que poderia ter sido o pai.
John e eu nos amávamos muito para apagar o que foi parte do nosso passado e ficou marcado em nossa vida, se não fosse pelo Jhoney eu não teria conhecido o John, e os dois foram o melhor presente que eu poderia Ter ganho, eu me sentia cada dia mais mulher nas mãos do John, que sabia como agradar e me fazer feliz, o nosso amor ia durar eternamente.

FIM

SOBRE O AUTOR

Rute Lombano

Rute Lombano é uma escritora de vários romances publicados pela Amazon e de forma independente publicados pela editora Viseu, a primeira obra de sucesso foi Devorador de pecados e Martelo do Inquisidor.